HENRI BROZE

FEUILLES AU VENT

SONNETS, FLONFLONS ET CANTILÈNES

> Or, ébaudissez-vous, mes amours,
> et gayement lisez le reste, tout à l'aise
> du corps et au profit des reins.
> RABELAIS.

PRIX : 50 CENTIMES

PARIS

A L'ALLIANCE DES SCIENCES, DES ARTS ET DES LETTRES

18, Passage de l'Opéra, 18

1880

FEUILLES AU VENT

SONNETS, FLONFLONS ET CANTILÈNES

I

REGARD EN ARRIÈRE

A LOUIS DURIEU

Où sont nos vingt ans et les brillants rêves,
Par nous caressés du matin au soir ?
Où sont nos désirs de gloire et l'espoir
De sortir vainqueurs des luttes sans trêves ?

Les heures ont fui, rapides et brèves ;
Notre horizon clair s'est teinté de noir,
Et déjà, là-bas, il me semble voir
L'ombre de la nuit flotter sur les grèves !

Mais qu'importe, ami ? — Le joyeux pinson,
Dès que l'aube vient annoncer l'aurore,
Chante, à plein gosier, au bord du buisson ;

Et, quand le soir tombe, on l'entend encore,
Ainsi qu'au matin, d'une voix sonore,
Aux rumeurs du bois mêler sa chanson !

Mars 1880.

II

DANS LA CAGE

Il est là, dans un coin, lourdement accroupi,
Les jarrets repliés sous les poils de son ventre ;
Il est sombre, il n'a plus dans son œil assoupi
Ces étranges lueurs dont s'éclairait son antre.

Il songe... à quoi ? — sans doute aux rafales de vent
Qui, de la plaine aux monts et des monts à la plaine,
Courant à l'infini dans le sable mouvant,
Battaient son large front de leur brûlante haleine.

Il songe... à l'oasis, où venaient en passant,
Au coucher du soleil, les troupeaux de gazelles,
Quand, d'un terrible bond tombant au milieu d'elles,
Autour de lui coulaient des flots tièdes de sang.

Il songe... aux lionceaux que sa fauve femelle
Sur un lit d'ossements léchait avec amour,
Ses lionceaux qui, forts comme lui, beaux comme elle,
Sur sa trace, au désert s'élancent à leur tour.

Il songe... aux nuits d'été sereines et si calmes,
Où, sortant tout à coup des grands bois pleins d'horreur
D'un seul rugissement il glaçait de terreur
La caravane allant au doux pays des palmes.

Il songe... — Ah oui, surtout à l'heure, où lâchement
Le prirent des chasseurs dans l'embuscade sombre !...
— Et depuis, il est là, triste, muet, dans l'ombre,
Sur son ventre aux poils roux accroupi lourdement.

Février 1878.

III

LA MÉDAILLE DE LA VIE

I

PLUIE AU MATIN

Depuis l'heure, où j'allais, encore tout enfant,
Rêveur, dans la forêt, ou, bruyant, par les rues,
Hélas ! que d'amitiés dans l'ombre disparues
Sous l'oubli glacial ou l'orgueil triomphant !

Depuis que, délivré du collège étouffant,
J'ai vu les passions dans mon cœur accourues
Que d'ardentes amours dans l'ombre disparues
Sous l'oubli glacial ou l'orgueil triomphant !

Et le vide s'est fait lentement. Plus de fièvre,
Au contact d'une main, au contact d'une lèvre !...
Je marche dans la vie, inconnu, triste et seul !

Rien ! plus rien, que le deuil morose et la souffrance
Pas un éclair de joie, et pas une espérance !...
Le temps a tout couvert de son large linceul.

II

RAYON DE SOLEIL AU SOIR

J'étais ce matin, triste, à ma fenêtre ;
La pluie, à longs flots, tombait sur les toits.
— Toc ! toc ! — Et soudain je vois apparaître
Un de mes meilleurs amis d'autrefois.

L'on rit, et l'on cause... un peu haut peut-être,
— Le bonheur nous fait élever la voix —
Et je suis heureux, et je sens renaître
Mon cœur délivré d'un horrible poids !

Mais quel front charmant sur le mien se penche ?
O jour à marquer d'une pierre blanche !
Laure est devant moi, Laure, — le printemps !

Plus de désespoir ! nargue à la tristesse !
Je vois refleurir ma verte jeunesse,
Il me semble avoir encore vingt ans !

Février 1878.

IV

LE CHÊNE DE MARLY

A VICTOR HUGO

Dans le bois de Marly, tout en haut, sur la crête
D'où l'on domine au loin des horizons si clairs,
Je connais un géant, un chêne dont la tête
A bravé, trois cents ans, l'assaut de la tempête
Et la langue de feu des sinistres éclairs.

Que la bise d'hiver roule les feuilles sèches
Dans la forêt déserte, où règne un vaste deuil ;
Que le soleil d'été, dardant ses mille flèches,
Tarisse, au pied des monts, les sources les plus fraîches,
Il se dresse toujours avec le même orgueil.

Rien n'a, jusqu'à présent, pu lui faire une entaille !
Sa cognée à la main, parfois le bûcheron
Passe, et lui jette comme un défi de bataille ;
Mais il songe bientôt : « Je ne suis pas de taille,
Peut-être quelque jour mes enfants le seront ! »

Et, dès qu'un souffle vient jouer dans sa ramure,
De la base au sommet, tressaille le géant ;
Et l'on dirait, tantôt le bruit sourd d'une armure,
Et tantôt ce sublime et captivant murmure
Qui monte, avec le flot, du fond de l'Océan.

Quelle fête, en avril ! — A peine les pervenches
Ouvrent, dans le buisson, leurs yeux bleus, ras du sol,
Tout un peuple joyeux s'installe dans les branches,
La grive au cri strident, le merle aux notes franches,
Et ce roi des chanteurs ailés, le rossignol.

La mouche et le bourdon, l'abeille et le phalène,
A travers les rameaux, vont de tours en détours,
L'écureuil grimpe ou fait des bonds à perdre haleine,
Et, fuyant la chaleur pesante de la plaine,
Le chevreuil inquiet tond l'herbe, aux alentours.

Et toujours, débordant de sève, sur la crête
D'où l'on domine au loin des horizons si clairs,
Tu restes calme et fier, vieux géant dont la tête
Continue à braver l'assaut de la tempête
Et la langue de feu des sinistres éclairs.

II

Poète, c'est ainsi — depuis soixante années —
Que tu luttes, et sans reculer d'un seul pas !
Bien des fleurs, à tes pieds, se sont déjà fanées ;
Bien des haines, dans l'ombre, à ton nom déchaînées,
Te prodiguent l'insulte et ne t'atteignent pas !

Ah ! c'était une noble et robuste nature,
Celle qui te nourrit de son lait, de son sang !
Elle te mit au cœur l'horreur de l'imposture,
La pitié pour quiconque ici-bas on torture,
Et cet amour du Beau, si large et si puissant !

C'est lui qui te soutient de sa flamme immortelle ;
Lui qui guide tes pas, de son brillant flambeau ;
Lui qui donne la force et l'ampleur à ton aile,
Génie entré vivant dans la gloire éternelle :
Lui qui ne s'éteindra qu'au seuil de ton tombeau !

Et, du drame au sonnet, de l'ode à la satire,
Du poème aux chansons, de l'idylle au roman,
Tu passes tour à tour ; et ta voix nous attire,
Ardente avec *Ruy Blas*, douce avec le *Satyre*,
Et profonde toujours, fraîche éternellement.

En vain, autour de toi, frissonne la couleuvre,
Cherchant à t'enlacer dans ses hideux replis ;
Sur l'Océan humain, tout entier à ton œuvre,
Tu vas, suivant d'un œil attentif la manœuvre,
Évitant les écueils, insensible au roulis.

Ah ! si le laboureur, incliné sur sa gerbe,
A le front éclairé d'une mâle grandeur,
Dans l'ïambe d'airain, maudissant le superbe,
Ou, dans la strophe d'or, exaltant le brin d'herbe,
Ne rayonnes-tu pas de la même splendeur?

Laisse donc s'écouler le fleuve des années !
Lutte, lutte toujours, sans reculer d'un pas !
Bien des fleurs, à tes pieds, se sont déjà fanées ;
Bien des haines, dans l'ombre, à ton nom déchaînées,
Te poursuivront encor, mais ne t'atteindront pas !

Janvier 1879.

V

ÉVEIL DU COEUR

La tête sur un bras dans ses longs cheveux d'or,
Elle dort ;
E l'on voit cependant comme un frisson de fièvre,
A sa lèvre.

— Quel chagrin est venu sur son sommeil léger
Voltiger ?
Peut-être qu'à ses yeux l'ange de la mort passe,
Dans l'espace ?

—Non ! svelte et souple, elle a, sous un air de langueur,
La vigueur
Et l'éclat des quinze ans : on dirait une rose
Fraîche éclose.

— Mais d'où peut bien alors provenir son émoi ?
Oui, pourquoi
Sa poitrine, à certains moments, soulève-t-elle
La dentelle ?

— C'est qu'un jeune homme, au bal, hier soir, a vanté
Sa beauté,
Et murmuré, tout bas, à son oreille même :
— Je vous aime !

VI

MIREILLE

A FRÉDÉRIC MISTRAL

J'ai lu « Mireille », et je relis
Ce poème à la vive allure,
Aussi doux que le doux murmure
D'un filet d'eau dans les taillis.

Les tableaux en sont accomplis
Chauds de couleur, pris sur nature,
La note juste, franche et pure,
Les vers comme un marbre polis.

C'est bien là ce gai coin de France,
Ce ciel si clair, ce ciel si beau,
Sous lequel bondit la Durance ;

Mais c'est, en outre, à ton flambeau,
Tout le passé de la Provence
Brisant la pierre du tombeau !

VII

LA GUERRE

Parfois, lorsque je songe à ces guerres sans trêve
A ces combats sanglants où tout tombe, où tout meurt,
Je me crois assailli par un sinistre rêve ;
De l'infini m'arrive une immense rumeur,
Comme, au balancement des vagues, le rameur
En entend si souvent se perdre sur la grève !

Et ce sont des soupirs, des sanglots de vieillard,
Des lamentations de vierge violée,
Des voix d'enfants meurtris dans la sombre mêlée,
Ou des cris de blessés râlant sur un brancard :
Ici, là, le tocsin sonne à toute volée,
Et l'incendie au loin rougit le ciel blafard.

Après quoi, le vainqueur, sur une ou deux provinces,
Pourvoyeur des vautours, pose son pied sanglant.
— Hallali ! — Le moment est venu, pour les princes,
De tailler dans la proie un morceau pantelant !
— Mais quoi ? pour tant d'efforts, des résultats si minces ?
Sus encor !... Cette fois, nous saignerons à blanc !

—Donc, au lieu d'avancer, nous reculons ?—Peut-être!
L'ivrogne a toujours soif, le tigre veut du sang ;
Le cerf en rut, saisi d'un appétit puissant,
Attaque son rival à l'improviste, en traître ;
La Mort blême s'acharne incessamment à l'Etre,
Le cercle des Damnés va toujours grandissant !

Par moments, un esprit supérieur se lève,
Et cherche à délivrer ce pauvre genre humain ;
Le cœur est son épée, et l'idée est son glaive ;
L'espérance et l'amour lui tracent le chemin ;...
Mais, ô cruel réveil, tragique lendemain !
La claie ou l'échafaud terminera son rêve !

Ah! peuple qu'on s'obstine à dire « souverain, »
Tu portes en ton âme une foi bien robuste !
Tu pourrais écraser, broyer comme un arbuste,
Ces Nérons que l'on pose en colosses d'airain ;
Mais quoi? « Vivent César, Claude, Tibère, Auguste !
Le cheval va plus droit, dirigé par le frein ! »

Eh bien, réveille-toi!... Le fer sort de la forge ;
Pour le tordre à ton gré, prends-le d'un bras nerveux !
Plante l'arbre ; les fruits seront pour tes neveux !
Allons, ferme ! debout! et saisis à la gorge
Tous ces fous, pour lesquels une armée en égorge,
Une autre, dès qu'ils ont murmuré : — Je le veux !

Mais non ! Dans l'Océan vit maint peuple vorace,
Traquant et dévorant, dans l'abîme sans fond,
Les milliards d'enfants d'un peuple trop fécond :
Dans les bois, dans les airs, nul quartier, point de grâce!
Une race à toute heure attaque une autre race ;
Loi sombre ! — Et c'est ainsi qu'entre eux les hommesfont !

Laissez donc, ô rêveurs, dans sa funèbre route,
Marcher le genre humain de combats en combats.
Il aspire au bonheur, mais il ne comprend pas
La fièvre et les sueurs que son rachat vous coûte.
Atteindra-t-il un jour le but lointain ? — J'en doute,
A voir qu'il va toujours, sans avancer d'un pas !

Ses désirs, ses espoirs sont grands, nobles, sublimes ;
Pris en masse, il est fier, juste, plein de raison ;
Un magnifique élan l'entraîne aux hautes cimes ;
Mais vienne un charlatan, un vendeur de poison,
Aussitôt il retombe au cloaque, aux abîmes,
Et Titan muselé se change en Brid'oison.

Avril 1879.

VIII

LE DUEL

—

X... — qui donc l'ignore ? — un bretteur émérite,
Vous cherchera querelle, à propos d'un fêtu :
Ils'est quarante fois, et plus même, battu,...
Avec des maladroits, il faut le dire vite.

Z..., sans se piquer d'une austère vertu,
Porte la loyauté sur son front mâle écrite :
Du reste, au pistolet, aussi neuf qu'un lévite,
Ou qu'un enfant de chœur, d'innocence vêtu.

Les voilà cependant sur le terrain. C'est raide,
Comme on dit. Les témoins ont compté quinze pas ;
Lé médecin attend, escorté de son aide.

Feu ! — La balle a frappé ce pauvre Z... au bras !
« L'honneur est satisfait », la justice non pas !...
Et puis ? — Au pistolet X... est plus fort que Z...

Juin 1879.

IX

POINT DE PÈRE

I

LE CODE

Jeunes et beaux tous deux, ils s'aimèrent. Comment
— Oh ! la chose est bien simple! Un jour que dans la
La brise caressait les blés de son haleine,   [plaine.
Ils s'étaient rencontrés au coin d'un « bois charmant ! »

Ludovic sous les pins entraîna Madeleine,
L'âme et le corps brûlés d'un doux frémissement.
Un malheur s'en suivit, malheur assurément
Très-facile à prévoir, quand la coupe est trop pleine.

Madeleine était pauvre ; elle nourrit l'enfant,
Certaine qu'il aurait un avenir prospère,
Et grandirait, près d'elle, heureux et triomphant.

Or, voilà bien vingt ans qu'elle se désespère,
Et maudit son passé, puisque la loi défend
Au *bâtard* de chercher à connaître son père

II

LE PRÉJUGÉ

Hélas, depuis longtemps, Ludovic a pris femme ;
Dot contre dot : le dieu des écus est content,
Mais Ludovic l'est-il ? — on l'affirme ; pourtant,
Personne n'oserait en jurer sur son âme.

Lorsque dans l'horizon le soleil éclatant
Disparaît, au taudis que la misère affame,
Il vient avec de l'or, la rançon de l'infâme...
Madeleine lui crie, indignée : — Oh ! va-t-en !

Comme le deuil s'acharne à certaines familles,
Veuf, il a déjà vu mourir garçons et filles ;
Il est seul !... Cependant le bâtard a grandi ;

Beau d'une beauté mâle, il est fier et hardi ;
Son père peut d'un mot déchirer ses guenilles ;
Mais *qu'en penserait-on ?...* Ah ! préjugé maudit !

Avril 1880.

X

OH! VIENS!

A E. B.

Oh! viens ; ...le jour se lève ;
Là-bas, dans le lointain,
S'enfuit, comme un beau rêve,
L'étoile du matin ;
Les aubépines blanches
S'ouvrent sur les buissons,
Et l'oiseau, dans les branches,
S'enivre de chansons.

Oh! viens ; ... au bord des haies,
Par les prés, dans les bois,
Pleins de notes si gaies,
Et de si douces voix !
L'air est sonore et vibre,
A ce divin moment ;
On aime, on est si libre,
Dans ce cadre charmant !

Oh ! viens ; ... la Marne roule,
A deux pas, ses flots verts,
Là, point de bruits de foule,
Mais des chemins couverts,
Où le vent seul murmure ;
Et, sous le grand ciel bleu,
Sur l'immense nature,
Le sourire de Dieu !

Oh ! viens, ...tout, dans la plaine,
Te semblera joyeux :
L'âme d'ivresse pleine
Et les yeux dans les yeux,
Nous pourrons, sur les saules,
Au long des peupliers,
Faire des courses folles,
Comme deux écoliers.

Oh ! viens, ...si dans nos courses
Tu désires t'asseoir,
Nous irons, près des sources,
Attendre en paix le soir ;
Dans l'ombre, sur les mousses,
Le mystère est si grand !
Les heures sont si douces,
Le sourire si franc !

Oh! viens... et quand la lune,
Dans le clair firmament,
En silence, à la brune,
Montera lentement,
Comme un lièvre à son gîte,
Au nid de nos amours
Nous rentrerons bien vite,
Jusqu'aux prochains beaux jours!

CHELLES, 1875.

XI

LE BEAU NE CHANGE PAS

A ADOLPHE G...

Après avoir suivi le ruisseau, qui serpente
A travers les taillis des collines en pente,
Tu montes aux sommets, où l'aigle vole en rond,
Où l'air froid mais si pur rend la fraîcheur au front,
Où les sottes clameurs de la foule rampante,
S'arrêtent, ne pouvant porter si haut l'affront !

Dans les plaines, en bas, des maisons entassées,
Des fermes, des villas par la vigne enlacées,
Des prés, des champs, des lacs, des fleuves déroulant
Leurs immenses anneaux, d'un cours rapide ou lent ;
Des flèches de clocher dans l'espace élancées,..,
Et sur ce gai tableau le soleil ruisselant !

Sur ta tête, les pics rongés par l'avalanche,
Les neiges étalant leur nappe rose ou blanche,
Les pins sombres, au bord du gouffre suspendus,
Les hêtres sous le vent frissonnant, éperdus,
Et, du fond de l'abîme où la ronce se penche,
Le houx désespéré, levant ses bras tordus.

Tu restes là, battu par le flot des pensées,
Le monde, ses hasards, ses luttes insensées,
S'effacent à tes yeux, dans un lointain obscur ;
Et, quand tu redescends, d'un pied agile et sûr,
Les strophes au grand vol sortent, vives, pressées,
De ton cœur devenu plus vaillant et plus pur.

Puis, tu marches, tu cours dans la gorge profonde,
Sous le couvert des bois, près de la moisson blonde ;
Les taureaux au flanc noir, la génisse au poil roux,
Te regardent passer avec leurs regards doux,
Le paysan, courbé sur la glèbe féconde,
Murmure, en te voyant : — Que fait-il parmi nous ?

Oui, quel charme grisant, quelle rumeur lointaine
T'attardent si longtemps au bord de la fontaine,
Loin des villes d'où monte un bruit sourd ou plaintif?
Tu caresses ton rêve, ému, grave, pensif,
Tu répètes tout bas, dans ton âme hautaine,
Sur des rhythmes savants, un vers tendre et naïf.

Tu mûris, plein de foi, de sève et de jeunesse,
L'hymne vibrant et fier, l'idylle enchanteresse,
Et le drame émouvant, sans poignard, sans poison ;
Avide d'élargir notre plat horizon,
Dans ton fervent amour de Rome et de la Grèce,
Tu veux nous ramener à l'austère raison.

Il serait temps. Le livre et nos plus grandes scènes
Battent monnaie avec les peintures obscènes ;
L'ordure, de tout temps réservée au ruisseau,
Maintenant seule est bonne à tenter le pinceau...
Ne sortirons-nous pas de ces œuvres malsaines ?
N'a-t-on plus d'idéal, que celui du pourceau ?

Non, ami. Bien des dieux sont tombés dans l'arène ;
La pudeur, cette fière et noble souveraine,
Se prostitue ou meurt dans d'ignobles ébats,
Mais ce n'est qu'un moment : le beau ne change pas !
Il vient toujours une heure, où la clarté sereine
Repousse vers la nuit les ténèbres d'en bas !

Février 1880.

XII

SI J'ÉTAIS...

Si j'étais... la fleur humble et douce,
Eclose aux grands bois, dans la mousse,
Au soleil d'avril ou de mai,
J'aurais, pour indicible ivresse,
De mourir dans ta blonde trosse,
Ou dans ton corsage embaumé.

Si j'étais... la mésange bleue,
Le bouvreuil ou le hoche-queue,
Plus prompt et plus vif qu'un lutin,
Dès que l'aube commence à naître,
J'irais frapper à ta fenêtre,
Et t'éveiller chaque matin.

Si j'étais surtout..., jeune belle,
Celui que, dans ton cœur rebelle,
Nomme tout bas ton chaste amour,
Ma plus grande et plus chère envie,
Serait de te vouer ma vie,
Pour un seul baiser en retour.

Mai 1878.

XIII

LE GOELAND

A UN JEUNE POÈTE

Plus de barques, dehors : toutes sont au mouillage,
Les gros vaisseaux, au loin, dérobant leur sillage,
Gagnent la haute mer ; et ce soir, les sanglots
Briseront bien des cœurs de femme, ô matelots !
L'éclair à l'horizon brille,... mais de la plage,
Le hardi goëland s'élance vers les flots.

Qu'importe, à cet amant farouche de l'espace,
La vague qui déferle ou la foudre qui passe?
Par la fureur du vent peut-il être arrêté ?
Dans l'infini profond, immense, illimité,
Il plonge, reparaît, et de nouveau s'efface,
Ivre on ne sait de quelle étrange volupté !

N'est-ce point là ta vie, ô penseur, ô poète ?
Toujours dans l'ouragan ! toujours dans la tempête !
Ni trêve, ni repos ! un combat incessant !
Eh bien, vers l'idéal, d'un coup d'aile puissant,
Monte !... Mais songes-y, ta gloire sera faite
Des lambeaux de ton cœur, du plus pur de ton sang !

Novembre 1879.

XIV

LA CHAINE

—

I

ELLE

Il rentre tous les soirs ivre, mais tellement
Que l'écume, en filets, découle de sa bouche ;
Comme une masse inerte, il tombe sur sa couche,
Et s'endort au milieu d'un épais ronflement.

Dehors, le vent d'hiver gémit horriblement,
Et pourtant, au logis, ni feu, ni pain !... — Farouche,
La mére prend l'enfant grelottant, et le couche,
Les membres convulsés d'un fiévreux tremblement.

Pauvre femme ! elle était robuste comme un chêne
Et plus belle, à vingt ans, qu'une fille de roi ;
Mais elle a tant pleuré, que sa fin est prochaine.

Souvent elle a voulu s'enfuir bien loin, mais quoi ?
L'enfant !... Et puis, eût-elle ainsi brisé la chaîne
Qu'a rivée à son cou la Loi, l'austère Loi ?

II

LUI

Madame aime le bal et la musique tendre,
Les Courses, les Concerts, tout ce qui sonne ou luit ;
Ce n'est là qu'un défaut ;...mais Madame aime à prendre
Un amant, chaque jour, et parfois chaque nuit.

Et cependant, Monsieur se morfond à l'attendre,
Pendant qu'elle est au Bois, où don Juan la poursuit ;
La Maison ?... Un enfer, où l'on ne peut s'entendre,
Tant les babys avec leur bonne font du bruit.

Charmant intérieur ! on en rit, on en glose.
Que Monsieur aille au Cercle, ou chez lui reste coi,
Qu'il soit d'humeur charmante, ou songeur et morose,

C'est la tête de turc des médisants. — Mais quoi ?
Peut-il guérir l'effet sans supprimer la cause,
Sans briser le lien où l'enchaîne la Loi ?

Mars 1880.

XV

LA MAISON DE L'ORPHELINE

———

C'est là, qu'hier était notre maison,
Dans cette plaine, au pied de la montagne ;
Là, que la mort fit une ample moisson
Des combattants qui couvraient la campagne !
Je vois encor mon père tout sanglant,
Parmi les morts demeurés sur la place...
— Eh bien, malgré ce souvenir brûlant,
Je n'ai pas pu quitter ma chère Alsace !

Sous les débris fumants de la maison,
Après avoir en vain cherché la porte,
Ma pauvre mère a perdu la raison :
Trois jours plus tard, dans mes bras elle est morte !
Je vois encor son front pâle et tremblant,
Et dans mes mains je sens sa main de glace...
— Eh bien, malgré ce souvenir brûlant,
Je n'ai pas pu quitter ma chère Alsace !

Je m'éloignai pourtant de la maison,
— N'étais-je pas désormais seule au monde ?
Mais, au moment de franchir l'horizon,
Je chancelai sous l'angoisse profonde.
Près de ces murs tout noircis et croulants,
J'avais le cœur moins gros, l'âme moins lasse...
— Aussi, malgré mes souvenirs brûlants,
Je n'ai pas pu quitter ma chère Alsace !

On dit qu'un jour, tout haut, dans sa maison,
— Mais n'est-ce pas une vaine espérance ?
Chacun pourra, sans craindre la prison,
Redire enfin le doux nom de la France.
Oh ! ce jour-là, jeune, ou les cheveux blancs,
Je n'aurai plus le cœur gros, l'âme lasse !...
— Aussi, malgré mes souvenirs brûlants,
Je ne veux pas quitter ma chère Alsace !

XVI

JACQUES BONHOMME

Sombre, à demi couvert d'un sordide haillon,
Au premier chant du coq, il sort de sa chaumine,
Puis, inquiet, tremblant, il confie au sillon
Quelques grains que n'a pu lui prendre la famine.

Et vienne maintenant l'eau du ciel, un rayon
De soleil éclatant, et tout ce grain germine,
S'il n'est auparavant mangé par la vermine,
Par le moineau vorace ou quelque autre oisillon !

L'herbe pointe, grandit ; l'épi gonfle, se dore.
Jacque, ouvre ton grenier, l'œil et le cœur contents !
Mais soudain ton seigneur, baron, ou moins encore,

Suivi de ses soudards, de ses chiens haletants,
A travers ta moisson qu'un seul instant dévore
                                            [temps ! »
Passe, comme une trombe... — Eh ! c'était le « bon

Janvier 1880.

XVII

AU BORD DE LA MER
A. E. B.

Le vent souffle du large, et la vague écumante
Va, revient, se rapproche incessamment du bord,
Déroule ses longs plis, comme une blanche mante,
Les resserre, bondit vers la rive et s'y tord.

Malheur aux matelots qu'a saisis la tourmente,
Loin de l'asile sûr et tranquille du port !
L'alcyon, effaré, lui-même se lamente,
Lui pourtant, ce hardi messager de la mort !

Eh bien, rauque océan, déchaîne ta démence !
Raye de mille éclairs, ô ciel, ton noir plafond !
 Dès que l'un a fini, que l'autre recommence

Dans un assaut de rage aveugle, sourde, immense,
Ouvrez-moi tous les deux vos abîmes sans fond !...
— L'amour que j'ai pour *elle* est encor plus profond.

Trouville, 17 août 1876.

XVIII

PAS DE MÉDAILLE

A mon ami LOUIS T..., qui avait EXPOSÉ *au Salon*
un tableau décoratif : LE PRINTEMPS.

C'est bien cela. — Des fleurs, une femme au milieu,
Dans la force de l'âge, et si noble, si belle,
Que l'on dirait Vénus s'incarnant dans Cybèle,
Tant ses regards sont pleins de puissance et de feu !

Tout autour, dans un pan splendide de ciel bleu,
Six enfants, roses, blonds, et d'une grâce telle,
Que, sur leur front brillant d'une flamme immortelle,
On croit sentir passer comme un souffle de Dieu !

Loin de toi la malsaine ou folle fantaisie !
Tu ne bois qu'à la vraie et franche poésie ;
Tu rêves, avant tout, la sereine beauté.

Que t'importe, dès lors, à qui sera la palme ?
D'un pinceau magistral, ta main puissante et calme
Nous a peint l'idéal dans la réalité !

Mai 1875.

XIX

LA CHANSON DU BOHÈME

Si dans la dentelle et la soie,
Au milieu des rires de joie,
J'avais pris naissance un matin,
Grâce à Dieu — surtout à mon père !
J'aurais le sort le plus prospère,
Au lieu d'un pauvre et sot destin.

Bien qu'étant horriblement bête,
Chacun me ferait la courbette,
Quand j'entrerais dans un salon ;
Bien qu'étant laid comme un gorille,
La plus hautaine jeune fille
Me prendrait pour un Apollon.

Bourru, quinteux, iusupportable,
Tous mes convives, à ma table,
Murmureraient : — Est-il charmant !
Aux jours de gala, de ripaille,
Si je rossais ma valetaille,
On prendrait la chose gaîment.

Mais je ne suis qu'un pauvre hère,
Sans feu, ni lieu ! La maigre chère
Est mon régal de tous les jours ;
Je n'ai pas l'ombre d'équipage,
Et je loge au sixième étage
Mes espérances, mes amours !

En France, de même qu'en Chine,
Il faut avoir souple l'échine,
Et les reins plus souples encor ;
Et je m'obstine — suis-je drôle ! —
A lever fièrement l'épaule
Devant l'idiot cousu d'or.

A quelque degré de l'échelle
Qu'il se montre, Polichinelle
Me donne d'affreuses rancœurs ;
Tartuffe me semble un vil cuistre,
Et Prud'homme, un bouffon sinistre,
En dépit de ses airs vainqueurs.

Malgré tout, il faut que je hue
Cette grimaçante cohue
De ducs, de comtes, de marquis,
Qu'avec des jappements de braque,
Basile conduit à l'attaque,
Des droits par nos pères conquis.

Aussi, je traîne la savate !
Je change à peine de cravate,
Tous les quinze ou trente du mois ;
Méprisant la Bourse et sa cote,
Je ne mène aucune cocotte
Jouer de la prunelle au bois.

Aux grands boulevards, sur l'asphalte,
Je ne fais pas la moindre halte ;
Je ne vais jamais chez Bignon ;
J'ai peur qu'en riant on me lorgne,
Quand j'entre dans un café borgne
Manger une soupe à l'oignon.

Et pourtant, j'aime ma misère !
Ma *guenille* m'est aussi *chère*
Qu'à d'autres la prospérité,
Puisque partout, jeunes et belles,
Me suivent ces deux sœurs jumelles,
La franchise et la liberté.

La vie est un rêve maussade !
Si j'étais dans une ambassade,
Je ne dormirais que d'un œil ;
Tandis qu'à mon sixième étage,
Je suis tranquille comme un sage,
Libre et gai comme un écureuil.

Juillet 1879.

FIN

TABLE

Paris, — Imp. Richard et Cie, 33, Passage de l'Opéra.